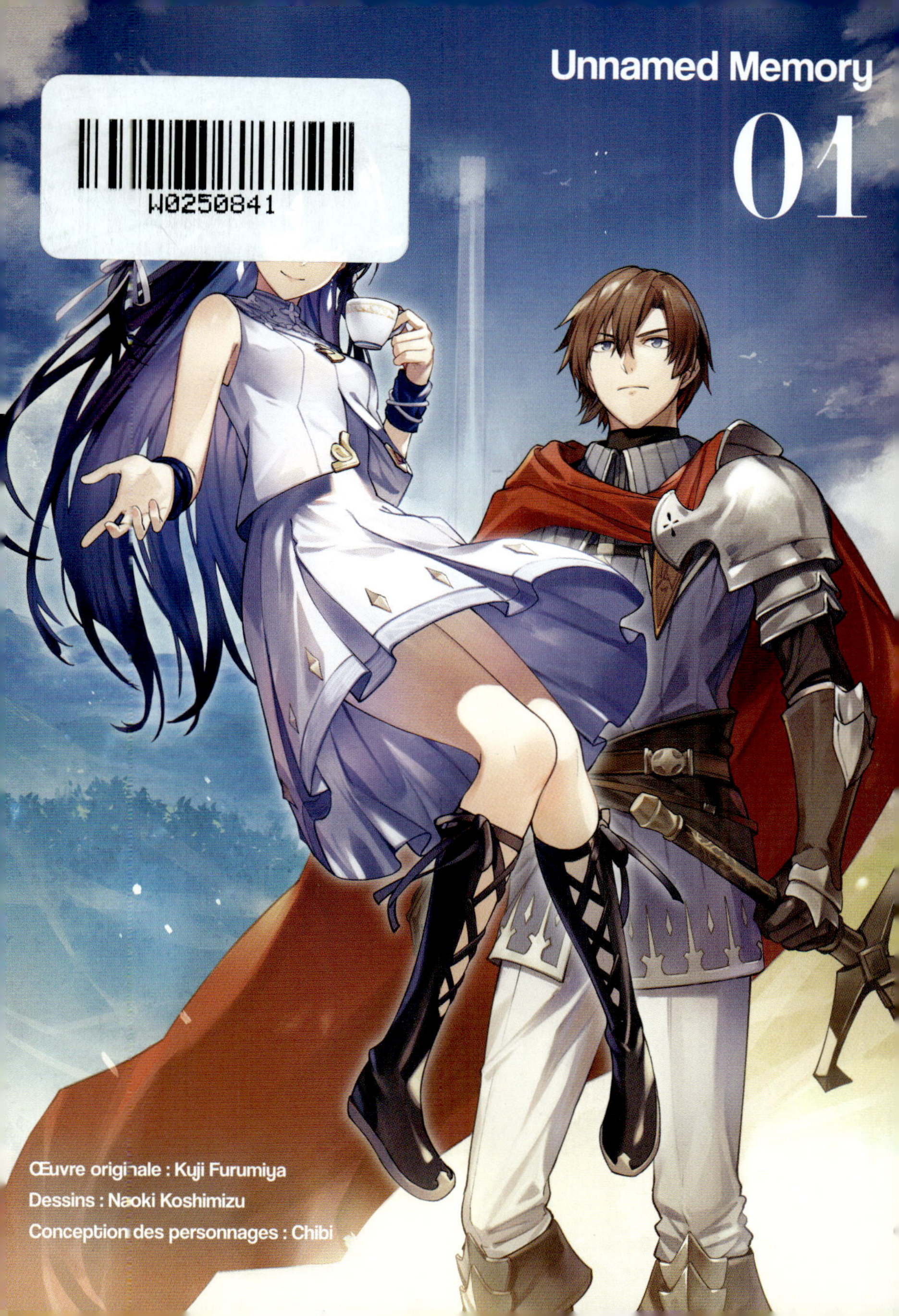

Unnamed Memory

01

Œuvre originale : Kuji Furumiya

Dessins : Naoki Koshimizu

Conception des personnages : Chibi

Unnamed Memory : carte du continent

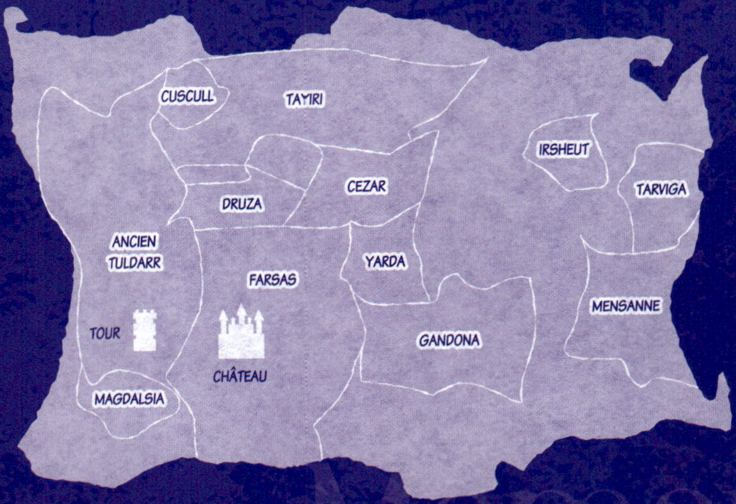

SOMMAIRE

DANS CE MONDE EXISTENT CINQ SORCIÈRES IMMORTELLES, DÉTENTRICES D'UN POUVOIR IMMENSE.
PENDANT DES CENTAINES D'ANNÉES, ELLES ONT ÉTÉ SYNONYMES DE CRAINTE ET DE DÉSASTRE.
CETTE HISTOIRE RELATE LA FIN DE CETTE ÈRE…
AINSI QUE LE CONTE OUBLIÉ D'UN PRINCE ET DE LA CINQUIÈME SORCIÈRE.

LES SORCIÈRES...
SUR LE CONTINENT, ELLES SONT AU NOMBRE DE CINQ.
DIFFÉRENTES DES HUMAINS, ELLES POS-SÈDENT UN POU-VOIR IMMENSE.
LA SORCIÈRE DE LA FORÊT IMPÉNÉTRABLE...
LA SORCIÈRE DE L'EAU...
LA SORCIÈRE SANS NOM...
LA SORCIÈRE DU SILENCE...
LA SORCIÈRE DE LA LUNE BLEUE...
PENDANT LONGTEMPS, CES FEMMES ONT UTILISÉ LEUR FORCE SANS ÉGALE COMME BON LEUR SEMBLAIT...
JUSQU'À DEVENIR, AU FIL DES SIÈCLES, SYMBOLES DE CRAINTE ET DE CALAMITÉ.

LA PLUS PUISSANTE D'ENTRE ELLES EST…
LA SORCIÈRE DE LA LUNE BLEUE.
ELLE S'EST RETIRÉE AU DERNIER ÉTAGE D'UNE TOUR…
DANS UN DÉSERT QUI N'EST REVENDIQUÉ PAR AUCUN PAYS.
ON RA-CONTE QUE CELUI QUI SUR-MONTERA TOUS LES PIÈGES ET ÉPREUVES…
POUR ATTEINDRE LE HAUT DE SA TOUR VERRA SON VŒU EXAUCÉ.
NOMBREUX SONT CEUX QUI ONT ESSAYÉ, ATTIRÉS PAR LA PUISSANCE DE LA SORCIÈRE…
MAIS AUCUN N'EN EST JAMAIS REVENU.
AVEC LE TEMPS, PERSONNE N'A PLUS OSÉ S'EN APPROCHER.

ゴオ
DEUX JEUNES HOMMES, UN JOUR, FINIRENT PAR S'Y RISQUER...
OSCAR
PRINCE HÉRITIER DU ROYAUME DE FARSAS

WoOOSH
Chapitre 1 : La malédiction et la tour bleue
RAZEL
SERVITEUR D'OSCAR

C'EST PARTI !
ARGH...
KSSS

TCHAC
TAP
TAP
TAP
HAN...
HAN...
HAN...

PLUS ON AVANCE ET PLUS ON S'AMUSE…
ON TESTERA QUOI, PAR LA SUITE ? NOTRE INTELLIGENCE OU NOTRE FORCE PHYSIQUE ?
ATTENDEZ !
TAP TAP
S'IL VOUS PLAÎT, VOTRE ALTESSE !
TAP TAP
HM…
ÉTIONS-NOUS CENSÉS VENIR À PLUSIEURS POUR AFFRONTER CES ÉPREUVES ?
EN TOUT CAS, C'ÉTAIT UNE MAUVAISE IDÉE DE VENIR À DEUX !
C'EST PLUTÔT HAUT.
ÉLOIGNEZ-VOUS DU BORD !
LE DERNIER À AVOIR RÉUSSI, C'EST MON ARRIÈRE-GRAND-PÈRE, N'EST-CE PAS ?
OUI, IL Y A SOIXANTE-DIX ANS.
IL AVAIT PRIS DIX SOLDATS AVEC LUI, MAIS IL PARAÎT QUE SEULE SA MAJESTÉ EST VENUE À BOUT DE LA TOUR.
POURTANT, JE TROUVE ÇA PLUTÔT FACILE.

VOTRE ALTESSE, LES PIÈGES VONT ENCORE SE COMPLIQUER.
TU N'AS QU'À RENTRER TOUT SEUL.
ET SI ON EN RESTAIT LÀ ?
OU BIEN ATTENDS-MOI EN BAS.
ET S'IL VOUS ARRIVAIT QUELQUE CHOSE ? QUE SUIS-JE CENSÉ DIRE, UNE FOIS AU CHÂTEAU ?
QUE TU ES TRISTE !
さらっ
KIII
VOTRE ALTESSE !
SI JE NE PARVIENS PAS À LEVER CETTE MALÉDICTION, LA LIGNÉE ROYALE S'ÉTEINDRA.
PEUT-ÊTRE Y A-T-IL D'AUTRES SOLUTIONS...
IL SUFFIT DE LES CHERCHER ET...
QUINZE ANNÉES DE RECHERCHE N'ONT RIEN DONNÉ.
JE VAIS DEMANDER À LA SORCIÈRE DE LA LUNE BLEUE DE LEVER LE SORT...
ET SI ELLE N'Y ARRIVE PAS, JE FORCERAI LA SORCIÈRE DU SILENCE À LE FAIRE.
MON PLAN EST PARFAIT.
グッ
CLAC
CRIII
JE NE VOIS PAS EN QUOI ALLER À LA RENCONTRE D'UNE SORCIÈRE EST PARFAIT !

DES STATUES DE PIERRE ?
FUIT
!
CLANG
VSH
VOTRE ALTESSE... JE...
JE SUPPOSE QU'ON DOIT LES AFFRONTER ?

AAAH !
RENTRONS AU CHÂTEAU !
...
ET SI TU M'ATTENDAIS DEHORS ?
MADAME...
DE NOUVEAUX CONCURRENTS SONT ARRIVÉS.

ÇA FAISAIT LONGTEMPS.
ILS EN SONT OÙ ?
CETTE FOIS, ILS AVANCENT SANS EN-COMBRE.
ILS ONT DÉJÀ ATTEINT LA SALLE AUX STATUES DE PIERRE.
C'EST RARE.
D'HABITUDE, ILS PERDENT FACE AUX LIONS GARDIENS.
ILS SONT COMBIEN ?
DEUX...
MAIS IL N'Y EN A QU'UN QUI SE BAT.
!
IMPRES-SIONNANT !
CELA DIT, SEUL, IL NE VAINCRA PAS LES STATUES...
ET SI JE LUI OFFRAIS UN PRIX DE CONSOLATION ?
POURTANT...
ON DIRAIT QU'IL VA S'EN SORTIR.
...
COMMENT ?!

FIUUUT
シュウウウウウ
ウウ
FLAP
バサッ
FLAP
バサッ
PLUS QU'UN !

VSH
BAM
GH...
GH...
GH...
GH...
GH...
GH...
GH...
FSH

GYAAH!
BAM
VSH
TAP
CLANG

TCHAC

PLAF
ET VOILÀ.
CE N'ÉTAIT PAS SIMPLE, CETTE FOIS.
CLANG
UN COUP DE PATTE, ET JE ME SERAIS RETROUVÉ À TERRE.
LE PRINCIPAL, C'EST QUE VOUS N'AYEZ RIEN.
AH...
TIENS, ENCORE ?
UN TÉLÉPORTEUR.
ON Y VA !

BAM
BRAOUM
CLANG
CRAC
CLANG
TAC
CLANG
RAZEL !
FUIS !

BRAOUM
CRAC
CRAC
TAC
CLAC
CLAC
GLOUPS
IL N'ARRIVERA PAS À M'AT-TEINDRE !
NE BOUGE PAS !
VOTRE ALTESSE !
CONTI-NUEZ SANS MOI !

VSH
J'ESPÈRE QUE VOUS ME PARDONNEREZ DE RENTRER AVANT VOUS.
VSH
IMBÉCILE !
QU'EST-CE QUE TU RACONTES ?!
VSH
J'AI...
HÂTE DE VOUS VOIR...
VSH
VSH
DEVENIR ROI.
CRAC
ATTENDS !
TAC
CRAC
BRAOUM
RAZEL !
CRAC

VSH
ズ
VSH
ズ
VSH
ズ
VSH
ズ
VSH
ズ

...
FSH
TAP
OSCAR PASSA LES AUTRES ÉPREUVES SANS DIFFICULTÉ...
MALGRÉ LE SENTIMENT DE VIDE LAISSÉ EN LUI PAR LA PERTE DE RAZEL.

ENFIN,
IL ATTEIGNIT LE
DERNIER ÉTAGE
DE LA TOUR.

C'EST JUSTE UNE SALLE EN DÉSORDRE, TOUT CE QU'IL Y A DE PLUS NORMAL.

VIENS PAR ICI.
!
J'AI PRÉPARÉ DU THÉ.
...
TCHAC

BIENVENUE.

CETTE FILLE...
SERAIT LA MULTI-CENTENAIRE SORCIÈRE DE LA LUNE BLEUE ?

ENCHANTÉE.
JE SUIS TINASHA.
MAIS PERSONNE NE M'APPELLE PAR MON VRAI NOM.

TU CHANGES TON APPARENCE GRÂCE À LA MAGIE ?
QUELLE IMPOLITESSE.
VOUS ÊTES TOUS LES MÊMES.
IL EST IMPUDENT DE QUESTIONNER UNE SORCIÈRE SUR SON PHYSIQUE.
IL PARAÎT QUE TU AS PLUSIEURS CENTAINES D'ANNÉES, ET POURTANT, TU N'AS PAS UNE RIDE.
C'EST VRAI, JE VIS PLUS LONGTEMPS QUE LES HUMAINS.
MON CORPS A ARRÊTÉ DE VIEILLIR, VOILÀ TOUT.
POC
À TOI, MAINTENANT.
TU ES LE PREMIER À PARVENIR JUSQU'ICI TOUT SEUL.
PEUX-TU ME DONNER TON NOM ?
OUI, BIEN SÛR.
JE SUIS OSCAR LYETH INCREATOS LOZ FARSAS.
!

FARSAS ?
TU ES DE LA FAMILLE ROYALE ?
OUI.
JE SUIS LE PRINCE HÉRITIER.
LE PETIT-FILS DE REGIUS ?
ARRIÈRE-PETIT-FILS, PLUTÔT.
AH BON...
OUI, TU LUI RESSEMBLES... UN PEU.
MÊME SI REGIUS AVAIT UN VISAGE PLUS AVENANT.
PARDON D'AVOIR L'AIR MÉCHANT.
HI HI. MES EXCUSES.
MAIS TOI, TU ES UN HOMME, UN VRAI.
REGIUS ÉTAIT TROP PUR ET IMMATURE...
TU VIS ICI TOUTE SEULE ?
NON, J'AI UNE SERVANTE.
LITRA !

ENCHANTÉE DE FAIRE VOTRE CONNAISSANCE.
JE SUIS LITRA.
VOTRE AMI A BIEN RÉAGI AU SORT.
IL DORT PAISIBLEMENT.
RAZEL EST VIVANT ?!
OUI.
IL SE TROUVE AU REZ-DE-CHAUSSÉE, SAIN ET SAUF.
JE N'AIME PAS M'OCCUPER DES CADAVRES, DONC JE VEILLE À CE QUE PERSONNE NE MEURE DANS CETTE TOUR.
À L'INSTANT OÙ QUELQU'UN VA SE BLESSER MORTELLEMENT, IL EST TÉLÉPORTÉ AU REZ-DE-CHAUSSÉE.
AH BON...
...

MAIS ALORS, OÙ VONT TOUS CEUX QUI NE SONT JAMAIS REVENUS ?
J'ALTÈRE LEUR MÉMOIRE...
ET LES ENVOIE ERRER UN PEU PARTOUT SUR LE CONTINENT.
APRÈS TOUT, ILS VIENNENT ICI POUR TESTER LEUR FORCE ET ACCROÎTRE LEUR PRESTIGE.
CEUX QUI SE MESURENT À CETTE TOUR...
CONNAISSENT LE PRIX À PAYER.
MAIS...
QUAND UN JOUR QUELQU'UN EST VENU POUR DEMANDER QUE MADAME SOIGNE SON ENFANT...
ELLE A EXAUCÉ SON VŒU, MALGRÉ SON ÉCHEC.
HA !
TU PARLES TROP !

HÉ HÉ…
JE NE TE COMPRENDS PAS.
GRRR
ET C'EST TRÈS BIEN COMME ÇA.
TU NE TE RENDS JAMAIS EN VILLE ?
LES AUTRES SORCIÈRES Y VONT, PARFOIS.
NON…
J'ÉVITE DE ME MÊLER AUX AFFAIRES DU PEUPLE.
JE NE TROUVE AUCUN INTÉRÊT À FAIRE ÉTALAGE DE MES POUVOIRS.
JE VOIS.
LA SORCIÈRE DU SILENCE DEVRAIT EN PRENDRE DE LA GRAINE.
?
ÇA A UN RAPPORT AVEC TA VENUE ICI ?
OUI.
ELLE M'A JETÉ UN SORT.

TOUT A COMMENCÉ IL Y A QUINZE ANS...
TU NE POURRAS PLUS AVOIR D'ENFANTS...
ET TON FILS NON PLUS.
VOTRE SANG DÉCHIRERA LE VENTRE DES FEMMES.
LA FAMILLE FARSAS S'ÉTEINDRA AVEC VOUS !
DU HAUT DE MES 5 ANS, JE N'AVAIS PAS COMPRIS LA GRAVITÉ DE LA SITUATION.
JE ME DISAIS JUSTE QU'UN ÉVÉNEMENT FÂCHEUX AVAIT EU LIEU.
JE N'AI PAS DE FRÈRE NI DE SŒUR...
CETTE MALÉDICTION A ÉTÉ GARDÉE SECRÈTE...
SAUF AUPRÈS DE GRANDS MAGES ET ÉRUDITS QUI, LONGTEMPS, ONT CHERCHÉ UN MOYEN DE LA LEVER...

PENDANT CE TEMPS, JE M'ENTRAÎNAIS À L'ÉPÉE ET ÉTUDIAIS DANS LE BUT DE DEVENIR ROI.
JE NE SAVAIS PAS SI J'ALLAIS LAISSER UNE TRACE DANS L'HISTOIRE...
MAIS J'AVAIS CONSCIENCE DES ESPOIRS QUI ÉTAIENT PLACÉS EN MOI.
QUAND J'AI ATTEINT L'ÂGE DE COMPRENDRE...
J'AI LU TOUS LES LIVRES QUE JE POUVAIS...
JE ME SUIS EXERCÉ ET J'AI VISITÉ TOUTES SORTES DE SITES ANCIENS, À LA RECHERCHE D'UN REMÈDE.
CEPENDANT, RIEN N'EST VENU À BOUT DE LA MALÉDICTION.
SEULES LES RUMEURS SONT RESTÉES...
MAIS JE N'AI PAS TROUVÉ...
LE MOINDRE INDICE.

VOILÀ CE QUI M'AMÈNE ICI.
POURQUOI AS-TU ÉTÉ MAUDIT ?
MON PÈRE NE VEUT PAS EN PARLER, DONC JE NE CONNAIS PAS LA VRAIE RAISON...
IL SEMBLERAIT QUE CELA AIT UN RAPPORT AVEC MA MÈRE DÉCÉDÉE JUSTE AVANT.
... VRAIMENT ?
?
FSH

FSH

FOSH
CLAC
...
QU'EST-CE QUE...
PING
J'AI RENDU VISIBLE LE MALÉFICE DONT TU ES VICTIME.
JUSTE UN BOUT.
VISIBLE ?

CE N'EST PAS UNE "MALÉDICTION" À PROPREMENT PARLER.
IL S'AGIT PLUTÔT D'UNE "BÉNÉDICTION" OU D'UN "SORT DE PROTECTION".
QUOI ?
UNE MALÉDICTION SERAIT TROP FAIBLE...
SCRR
POUR TUER QUEL-QU'UN, PAR EXEMPLE...
ET ON PEUT L'ÉVITER, ÉTANT DONNÉ QUE ÇA N'AGIT PAS TOUT DE SUITE.
BLOP
MAIS UNE BÉNÉDICTION DÉPEND DIREC-TEMENT DE LA PUISSANCE DE CELUI QUI LA LANCE...
LA TIENNE, JUSTEMENT, EST TRÈS PUISSANTE.

LES DEUX SONT LANCÉES DE LA MÊME MANIÈRE.
ON DONNE UN SENS SPÉCIAL AUX MOTS QUE L'ON PRONONCE ET ON LEUR APPLIQUE DE LA MAGIE.
IDEM POUR LES GESTES.
CEPENDANT...
SI UNE MALÉDICTION CONSISTE À DÉTOURNER ET UTILISER LE POUVOIR DE LA NATURE...
UNE BÉNÉDICTION EXPLOITE LA PUISSANCE QUE L'ON A EN SOI...
POUR JETER UN SORT DE NIVEAU ÉLEVÉ.
DANS TON CAS...
IL FAUT PRENDRE LE PROBLÈME À L'ENVERS.
LE FŒTUS QUE TU ENGENDRERAS SERA PROTÉGÉ PAR UNE FORCE SI PUISSANTE...
QUE LE CORPS D'UNE FEMME NORMALE NE POURRA PAS LE SUPPORTER.
POUR FINIR...
LE SENS DES MOTS UTILISÉS DANS LES MALÉDICTIONS OU LES BÉNÉDICTIONS DIFFÈRE SELON CELUI QUI LES A LANCÉES...
SI, DÈS LE DÉBUT, AUCUNE FORMULE POUR LES ROMPRE N'Y EST INTÉGRÉE...
ELLES NE PEUVENT PAS ÊTRE LEVÉES.
!

ÇA VEUT DIRE QUE...
SI J'ARRIVE À L'ANALYSER, JE PENSE QUE MA MAGIE PEUT ATTÉNUER LE CHARME, MAIS ...
EN RÉALITÉ, TU N'ES PAS VICTIME D'UN SEUL SORTILÈGE, MAIS D'UNE VINGTAINE...
LA SORCIÈRE DU SILENCE S'Y CONNAÎT...
POUR RÉSUMER...
TU NE PEUX PAS M'EN DÉBARRASSER ?
JE SUIS DÉSOLÉE...
...

ALLONS...
MAINTENANT QUE TU ES LÀ...
JE VAIS FAIRE CE QUE JE PEUX POUR T'AIDER !
CLAP
LAISSE-MOI UN PEU DE TEMPS, D'ACCORD ?
TOC
TU AS UNE IDÉE ?
OUI, C'EST TRÈS SIMPLE.
LE PROBLÈME ÉTANT QU'UN CORPS NORMAL NE PEUT PAS SUPPORTER LE SORT DE PROTECTION DU FŒTUS...
IL TE SUFFIT DE TROUVER UNE ÉPOUSE RÉSISTANTE À LA MAGIE.
ÇA ME PARAÎT UN PEU TROP FACILE...
CE GENRE DE FEMME EXISTE ?
UNE OU DEUX...
SUR LE CONTINENT...
ET SI ELLE EST DÉJÀ MARIÉE ? OU SI C'EST UNE VIEILLE ? OU UNE ENFANT ?
SI ELLE A QUELQU'UN, IL N'Y A RIEN À FAIRE...
MAIS UNE FEMME ÂGÉE PEUT TOUJOURS RAJEUNIR, AVEC LA MAGIE...
ET DANS LE CAS D'UNE JEUNE FILLE, TU POURRAS L'ÉLEVER À TA GUISE, C'EST ENCORE MIEUX !
ÇA SE FAIT, DANS LA FAMILLE ROYALE !
N'IMPORTE QUOI !

SI MÊME LA SORCIÈRE DE LA LUNE BLEUE NE PEUT RIEN FAIRE...
ALORS C'EST FOUTU.
GH ...
FSH
JE VAIS T'AIDER À CHERCHER, GARDE ESPOIR !
WOOOSH
IL NE FAUT PAS QUE JE ME LAISSE ABATTRE...
MAIS...

TINASHA !
OUI ?
LLANG
JE T'AI FAIT PEUR ?
IL EST RARE QU'ON M'APPELLE PAR MON PRÉNOM...
QU'EST-CE QU'IL Y A ?
BLOP
BLOP
ET TOI, ALORS ?
?
TU POURRAIS RÉSISTER À LA MAGIE DE LA SORCIÈRE DU SILENCE ?
OUI, BIEN SÛR.
BON, ALORS C'EST DÉCIDÉ.
GLOU
COM-MENT ?!

MON VŒU, POUR AVOIR RÉUSSI À SURMONTER TOUS LES OBSTACLES ET GRAVI LA TOUR...
C'EST QUE TU VIENNES AVEC MOI POUR DEVENIR...
MA FEMME.
DOM

BAOUM
C'EST ...
C'EST HORS DE QUESTION !!
POURTANT, ÇA ME SEMBLE ÊTRE UNE MEILLEURE SOLUTION QUE DE CHERCHER UNE FEMME QUI N'EXISTE PEUT-ÊTRE MÊME PAS.
TOUT À L'HEURE, TU M'AS PROMIS...
QUE TU FERAIS CE QUE TU POURRAIS POUR M'AIDER !
DANS LA MESURE DU RAISONNABLE !
ÇA, JE NE PEUX PAS ACCEPTER !
NON, NON...
ET NON !

TU AS UN PETIT AMI ? OU UN MARI ?
JE N'AI JAMAIS EU PERSONNE DANS MA VIE, ET JE NE COMPTE PAS COMMENCER !
NON NON
LE FAIT QUE TU SOIS ÂGÉE N'EST PAS UN PROBLÈME EN SOI.
ARRÊTE DE DIRE QUE JE SUIS VIEILLE !
RIEN À VOIR !
NON NON !
ET PUIS...
MÉLANGER LE SANG D'UNE SORCIÈRE À LA LIGNÉE ROYALE N'EST PAS UNE BONNE IDÉE...
LES MINISTRES EN SERAIENT MALADES.
J'AIMERAIS VOIR ÇA...
...
HA...
TOI ET REGIUS, VOUS AVEZ TOUS LES DEUX UN SALE CARACTÈRE...
C'EST COMME ÇA !
NIARK !
AH...

JE REFUSE.
HA...
SI J'AVAIS ACCEPTÉ À L'ÉPOQUE...
JE SERAIS TON ARRIÈRE-GRAND-MÈRE.
OH...
JE VOIS...
...
MON ARRIÈRE-GRAND-PÈRE A PEUT-ÊTRE FINI PAR LAISSER TOMBER...
MAIS MOI, ÇA NE ME FAIT PAS PEUR.
OUAIS.
QUOI ?!
QU'EST-CE QUE TU RACONTES ?
QUOI QU'IL EN SOIT, C'EST NON !
SOIXANTE-DIX ANS D'ÉCART, ET TU DONNES LA MÊME RÉPONSE ?
IL Y A DES LIMITES À LA SOUPLESSE D'ESPRIT !
ÇA SUFFIT !
SI TU N'ÉCOUTES PAS SAGEMENT...
JE TE RENVOIE AU CHÂTEAU APRÈS AVOIR ALTÉRÉ TA MÉMOIRE !
WOOOSH

CLANG
EH !
CE N'EST PAS FAIR-PLAY !
JE NE ME LAISSERAI PAS FAIRE !
TCHAC
AH !
POURQUOI TE BALADES-TU AVEC ACACIA ?
URGH...
C'EST UN TRÉSOR NATIONAL, NON ?
JE PRÉFÈRE L'UTILISER PLUTÔT QUE DE LA GARDER EN DÉCO.
L'ÉPÉE ROYALE DE FARSAS...
ACACIA.
LA SEULE ÉPÉE AU MONDE À ÊTRE PARFAITEMENT RÉSISTANTE À LA MAGIE.
L'ENNEMI ULTIME DES SORCIERS.

MÊME TINASHA NE FAISAIT PAS EXCEPTION.
URGH...
FSH
ÇA VA, ON PEUT PARLER.
ÇA T'APPRENDRA...
À T'ÉNERVER !

AH...
POURQUOI ES-TU SI TÊTU ?
TU DEVRAIS LAISSER TOMBER.
TOI AUSSI, TU SAIS...
AU FAIT, IL Y A SOIXANTE-DIX ANS, TU AS VÉCU UN CERTAIN TEMPS AU CHÂTEAU DE FARSAS, NON ?
OUI, PENDANT SIX MOIS.
J'ENSEIGNAIS LA MAGIE, M'OCCUPAIS DES FLEURS...
JE M'Y SUIS PLUTÔT PLU.
C'ÉTAIT LE VŒU DE MON ARRIÈRE-GRAND-PÈRE ?
NON.
...

BON...
ET SI ON DISAIT UN AN ?
TU VIENS VIVRE À MES CÔTÉS...
PENDANT UN AN.
VOICI MON SOUHAIT.
ÇA, TU PEUX L'ACCEPTER, NON ?

UN AN...
SOIXANTE-DIX ANNÉES, DÉJÀ...

PFF...
D'ACCORD.
JE DESCENDRAI DE MA TOUR POUR TE SERVIR DE PROTECTRICE.
À PARTIR D'AUJOURD'HUI ET PENDANT UN AN...
NOUS SOMMES LIÉS PAR UN CONTRAT...

C'EST ENTENDU...
POC
VVVT
!
QU'EST-CE QUE TU AS FAIT ?
UNE MARQUE.
JE M'EN VAIS, FERME BIEN LA PORTE DERRIÈRE MOI.
JE COMPTE SUR TOI, LITRA.
OUI, MADAME...
OuAH ...

LA VIE EN DEHORS DE LA TOUR...
TAP
SI TU CHANGES D'AVIS EN COURS DE ROUTE, TU PEUX RESTER À FARSAS POUR TOUJOURS, TU SAIS.

ET DEVENIR MA FEMME.

HÉ HÉ !
...
GLOUPS

JE NE CHANGERAI PAS D'AVIS !
VOICI LE DÉBUT DE NOTRE HISTOIRE.

UN PRINCE MAUDIT...
LA SORCIÈRE DE LA LUNE BLEUE...
ET CE QUI DEVIENDRA UN LONG, TRÈS LONG...
CONTE OUBLIÉ.

QUE SOUHAITERAIENT-ILS S'ILS POUVAIENT REMONTER LE TEMPS ?
CAR L'HISTOIRE PEUT TOUJOURS ÊTRE RÉÉCRITE...

Unnamed
Memory

FARSAS EST L'UN DES QUATRE GRANDS ROYAUMES DU CONTINENT...
FARSAS
ET CELUI QUI POSSÈDE LE PLUS VASTE TERRITOIRE.
Chapitre 2 : Un passé qui refait surface ①
GRÂCE À L'ÉPÉE ROYALE ACACIA...
ET À LA LONGUE LIGNÉE DE SOUVE-RAINS QUI Y RÈGNE EN PAIX DEPUIS SEPT CENTS ANS...
FARSAS DONNE L'IMAGE D'UN PUISSANT PAYS.
MÊME EN TEMPS DE PAIX, LES SOLDATS S'EN-TRAÎNENT DANS L'ENCEINTE DU CHÂTEAU.
YAAAH !
TOUJOURS AUSSI DILI-GENTS.

QUE FAITES-VOUS LÀ ?
BONJOUR, RAZEL !
TAP TAP
RIEN.
JE ME PROMENAIS UN PEU DANS LE CHÂTEAU.
CLANG
AH !
VOUS REGARDIEZ LES SÉANCES D'ENTRAÎNEMENT ?
WOOSH
CES DEUX-LÀ SONT PARTICULIÈREMENT FORTS !
OH, ON DIRAIT QUE LA FILLE VIENT DE PERDRE.
VOUS PARLEZ DU GÉNÉRAL ALS ET DE MEREDINA ?
MÊME S'IL EST JEUNE, LE GÉNÉRAL ALS EST LE MEILLEUR PARMI SES PAIRS !
JE NE PENSAIS PAS...
QUE LES MAGICIENS S'INTÉRESSAIENT AUX COMBATS AU CORPS-À-CORPS...
IL M'EST ARRIVÉ DE MANIER L'ÉPÉE, AUTREFOIS...
COMME J'AVAIS UN PEU DE TEMPS.

AH OUI ? À QUEL NIVEAU ?
VSH
VSH
JE ME DÉBROUILLE.
MÊME SI JE PERDRAIS SANS DOUTE CONTRE CE GÉNÉRAL.
SON ALTESSE EST ENCORE PLUS FORTE, VOUS SAVEZ !
VRAIMENT ?!
LE GÉNÉRAL EST DOUÉ, POUR SÛR ...
MAIS PERSONNE N'ARRIVE À LA CHEVILLE DE SON ALTESSE !
DEPUIS TOUT PETIT, IL NE CHERCHE QU'À APPRENDRE ET À S'ENTRAÎNER.
IL N'EN A PAS L'AIR, MAIS C'EST UN TRAVAILLEUR ACHARNÉ !
OH...
POURQUOI FAITES-VOUS CETTE TÊTE ?
POUR RIEN...

NE JAMAIS SOUS-ESTIMER...
CEUX QUI ONT PASSÉ LES ÉPREUVES DE MA TOUR.
EN FIN DE COMPTE, C'EST BIEN LUI QUI AURAIT EU LE DESSUS...
UH...
HM...
QUE VOUS ARRIVE-T-IL ?
RIEN, RIEN...
AU FAIT, TU ME CHERCHAIS ?
AH !
OUI !
SON ALTESSE VOUS FAIT APPELER.
DANS LES APPARTEMENTS D'OSCAR

POF
PARDON DE T'AVOIR LAISSÉE SEULE PENDANT UNE SEMAINE.
TU TE PLAIS, ICI ?
PERSONNE NE T'EMBÊTE ?
TOUT DOUX
...
JE NE SUIS PAS UNE ENFANT...
ET LES GENS SONT TRÈS GENTILS.
MÊME S'IL ARRIVE QU'ON M'OBSERVE DU COIN DE L'ŒIL...
PSST

AH OUI ?
PARCE QUE TU VIENS DE LA TOUR ?
OUI.
APRÈS TOUT, JE SUIS "L'APPRENTIE DE LA SORCIÈRE".
PING
MES POUVOIRS AINSI SCELLÉS…
TU ES LE SEUL À CONNAÎTRE MA VÉRITABLE IDENTITÉ.
N'HÉSITE PAS À VENIR ME VOIR AU MOINDRE PROBLÈME.
NE T'IN-QUIÈTE PAS, PERSONNE NE DEVINERA QUI JE SUIS.
TOUT IRA BIEN.

TANT MIEUX...
BON, METS-TOI À L'AISE.
D'ACCORD !
DOM
TU AS L'AIR BIEN OCCUPÉ.
OUI, LE FESTIVAL APPROCHE.
ENTRE LES RELATIONS DIPLOMATIQUES ET LA SÉCURITÉ LE JOUR J...
POF
J'AI ENCORE PAS MAL DE DOSSIERS À TRAITER, ÇA ME PREND UN TEMPS FOU.

C'EST TOI QUI T'OCCUPES DE TOUT ÇA ?
MON ONCLE EST MORT LE MOIS DERNIER ET IL ÉTAIT PREMIER MINISTRE... RÉSULTAT, C'EST MOI QUI M'EN CHARGE.
ÇA DEVAIT BIEN ARRIVER UN JOUR OU L'AUTRE, ALORS BON...
OH !
TU ES SÉRIEUX, EN FAIT !
WAOUH...
MOI QUI PENSAIS QUE LES PRINCES SE LA COULAIENT DOUCE...
VOTRE ALTESSE ! AU TRAVAIL !
AVACHI...
ET TOI, TU ES BIEN MALPOLIE...
ET DONC...
JE T'AI FAIT APPELER PARCE QUE JE VEUX QUE TU ME FASSES UN RAPPORT DES ÉVÉNEMENTS DE CES DERNIERS JOURS.
TU M'AS PRISE POUR UN AGENT SECRET, OU QUOI ?

J'AI FAIT PLUSIEURS FOIS LE TOUR DU CHÂTEAU...
ET JE N'AI VU PERSONNE DE SUSPECT.
JE ME DEMANDAIS JUSTE CE QUE TU FAISAIS DE TES JOURNÉES.
CE N'EST PAS CE QUE JE VOULAIS DIRE.
?
RIEN DE PASSIONNANT, JE TRAVAILLE COMME MAGICIENNE DE COUR...
ENFIN, TECHNI-QUEMENT, JE SUIS ENCORE UNE AP-PRENTIE.
HA HA !

QUAND ON TRAVAILLE POUR LE GOUVERNEMENT, LES TÂCHES SONT ÉCHELONNÉES...
ALORS JE FAIS UN PEU CE QUI ME PLAÎT.
ET PUIS, JE SUIS DES SÉMINAIRES, J'ÉTUDIE.
C'EST PLUTÔT AGRÉABLE.
OUI, LA RECHERCHE FAIT PARTIE DES DEVOIRS DES MAGES.
IL FAUT DIRE QUE LE BUDGET QUI LEUR EST ALLOUÉ EST PLUTÔT IMPORTANT.
APRÈS TOUT, ILS ONT AUSSI LA RESPONSABILITÉ DES OBJETS MAGIQUES ET DES POTIONS.
AH, ET ON M'A ASSIGNÉ UN RÔLE POUR LE FESTIVAL !
JE M'OCCUPERAI DES LUMIÈRES !
C'EST-À-DIRE ?
POC
NOUS ALLONS UTILISER NOS POUVOIRS POUR CRÉER DES SPHÈRES LUMINEUSES ET LES PLONGER DANS LES EAUX ENTOURANT LE CHÂTEAU.
CE SERA TRÈS JOLI.
C'ÉTAIT DE LA MAGIE, ÇA ?
J'AI TOUJOURS CRU QU'ON UTILISAIT DES LAMPES...

C'EST PLUS SIMPLE AVEC UN SORT.
POF
トン

ELLE ARRIVE À VOLER SI FACILEMENT ...
ALORS QUE SES POUVOIRS SONT EN PARTIE SCELLÉS ?
TU ES UNE VRAIE SORCIÈRE.
FLIP
C'EST MAINTENANT QUE TU T'EN RENDS COMPTE ?
CLAC
VROUF
JE VOIS...

POUR GARDER CETTE LUMIÈRE...
IL FAUT QUE LE MAGICIEN SOIT À UNE DISTANCE QUI LUI PERMETTE DE L'ATTEINDRE.
NORMALEMENT, MOINS DE DEUX OU TROIS MAISONS.
ET TOI ?
JE PEUX LE FAIRE DE N'IMPORTE OÙ DANS LA VILLE !
MÊME AVEC MES POUVOIRS LIMITÉS !
JE VAIS PROFITER UN PEU DU FESTIVAL !
MON TOUT PREMIER À FARSAS !
HI HI !
...
NIARK

JE VAIS DEMANDER À TON CHEF DE TE DONNER UN BOULOT QUI CORRESPONDE UN PEU MIEUX À TES CAPACITÉS.
TCHAC
CLAC
NON !
TOUT SAUF ÇA !
HA HA.
JE PLAISANTE.
J'AI TROP HÂTE !
FLIP
FLIP
OH !
AU FAIT !
MOI AUSSI, JE VOULAIS TE VOIR.

OUI ?
C'EST À PROPOS DE TA PROTECTION...
COMME CE N'ÉTAIT PAS IMPORTANT, J'AVAIS OUBLIÉ.
BEN...
EH !
JE VOIS QUE MA SÉCURITÉ T'INQUIÈTE.
CE N'ÉTAIT PAS TOI QUI AVAIS PARLÉ DE ME PROTÉGER ?
TU ES ASSEZ FORT POUR LE FAIRE TOUT SEUL, NON ?
MAIS JE RESPECTERAI LES CLAUSES DU CONTRAT.
JE VAIS T'ENTOURER DE MAGIE DÉFENSIVE.
APRÈS TOUT, LE JOUR DU FESTIVAL, JE N'AURAI PAS LE TEMPS DE M'OCCUPER DE TOI.
C'EST DE L'ABANDON DE POSTE.
POC
POC
ET DONC ? JE FAIS QUOI ?

J'AI DÉJÀ PRÉPARÉ LE SORT.
POC
TOURNE-TOI PAR LÀ.
D'AC-CORD.
CLAC
ガタ
スッ
FSH
QUE NOTRE ALLIANCE DEVIENNE ÉTER-NELLE...
QUE LES MOTS CENSÉS T'ATTEINDRE S'EFFACENT À LA RACINE...
EN CES TROIS TEMPS ET CES DEUX MONDES...
QUE LA PLUIE EN FORMATION PERDE SON SENS...
QUE LES ANNEAUX REVIENNENT INCHANGÉS...

QUE MON SOUHAIT SOIT RESPECTÉ, AVEC TOUT CE QUI EST VISIBLE EN CE MONDE.
BRAOUM

WOOOSH
CLING
FIOUU

FSH
FIOU
AVEC ÇA, PEU IMPORTE SI ELLE EST D'ORIGINE MAGIQUE OU PHYSIQUE...
TU SERAS PROTÉGÉ DE N'IMPORTE QUELLE ATTAQUE EXTÉ-RIEURE...
TANT QUE JE SUIS EN VIE, PERSONNE NE PEUT T'ATTEINDRE.

CE N'EST PAS EFFICACE FACE AU POISON OU À LA MANIPULATION MENTALE, ALORS FAIS QUAND MÊME ATTENTION.
OUI...
HA HA.
IN-CROYABLE...
C'EST ÇA, DE SE PAYER LES SERVICES D'UNE SORCIÈRE.
RIEN DE PLUS NORMAL.
C'EST PRESQUE DE LA TRICHE.
POF
NORMAL, DIT-ELLE...
EN VRAI, JE PRÉFÉRERAIS QUE TU M'ÉPOUSES.
FSH
J'AI DÉJÀ RÉPONDU À ÇA !
J'AI DIT NON !

MÊME SI JE NE MEURS PAS TOUT DE SUITE, JE DOIS PENSER À MA SUCCESSION.
OUI...
JE SAIS BIEN.
ET LES AUTRES MEMBRES DE LA FAMILLE ROYALE, ALORS ?
QUAND J'AVAIS 4 OU 5 ANS, PLUSIEURS ENFANTS ONT DISPARU UN PEU PARTOUT DANS LE PAYS...
PARMI LESQUELS MOW COUSIN.
RÉSULTAT, JE SUIS LE PLUS JEUNE FARSAS.
...

ON SAIT CE QUI S'EST PASSÉ ?
NON, ÇA RESTE UN MYSTÈRE.
ET LA SORCIÈRE DU SILENCE, C'ÉTAIT AVANT OU APRÈS ÇA ?
C'ÉTAIT APRÈS LA MORT DE MA MÈRE...
DONC ELLE EST VENUE APRÈS CETTE HISTOIRE DE DISPARITIONS.
TING

...
QU'EST-CE QU'IL Y A ?
FLOP
FLOP
RIEN...
TU ES FATIGUÉ...
ÇA SE VOIT SUR TON VISAGE.
FSH
...

FUIT
MAIS NON, J'AI DORMI AU MOINS TROIS HEURES.
HA...
C'EST TROP PEU !
CLAC
VOUSH
!
HÉ HÉ !
EH !
JE DOIS ENCORE CLASSER TOUS CES DOCUMENTS.

TU TRAVAILLERAS MIEUX APRÈS T'ÊTRE UN PEU REPOSÉ.
TU VOIS, TU T'ENDORS DÉJÀ.
BOC
URGH...
FUIT
QU'EST-CE QUE... TU AS FAIT...
PLAF

DES DISPARITIONS D'ENFANTS ET L'EXTINCTION D'UNE LIGNÉE ...
ACACIA ÉTANT TRANSMISE DE GÉNÉRATION EN GÉNÉRATION...
IL LUI FAUT UN HÉRITIER ...
LA SITUATION N'EST VRAIMENT PAS SIMPLE...
"À MODIFIER."
FOUSH
"À CORRIGER."

TU EXCELLES DANS TON DOMAINE.
ÇA SE VOIT QUE TU TRAVAILLES BEAUCOUP.
VAM
パチ

"LIS ÇA."
"RÉSUMÉ."
DOM
VRAIMENT...
HÉ...

JE NE LA COMPRENDS PAS.

Unnamed
Memory

DANS LA VILLE...
LE JOUR DU FESTIVAL.
ザワ
BLA
ザワ
BLA
WOUH!

Chapitre 3 : Un passé qui refait surface ②

DÉJÀ SI TARD...
JE DOIS Y ALLER !

ザワ BLA
ザワ BLA
スッ FSH
ALLUME-TOI !
PLOC
ポ…
ポ… PLOC
ポ PLOC
ポ PLOC
ポ PLOC
PLOC ポ
ポ
PLOC

FIOUUU
FIOUW

TU ES NOUVELLE ?
ALORS ?
TOUT VA BIEN ?
OUI, MERCI !
EUH...
TEMIS.
ENCHANTÉ.
FSH
!

VOILÀ UN SYMBOLE BIEN RARE...
JE SUIS TINASHA.
RAVIE DE FAIRE TA CONNAIS-SANCE.
DE MÊME !
JE RESTE DANS LE COIN...
SI T'AS BESOIN D'AIDE, N'HÉ-SITE PAS !
ENTENDU.
MERCI.

BON...
SPÉCIALITÉS DE FARSAS !
LES MEILLEURES DE LA VILLE !
OÙ EN ÉTAIS-JE...
HI HI !
TAP TAP
TU FERAIS MIEUX DE NE PAS T'ÉLOIGNER.
IL VA T'ARRIVER DES ENNUIS.

FIOU
C'ÉTAIT QUI ?
UN MAGICIEN ?
...
BAH, PEU IMPORTE !
À MOI LES GÂTEAUX !

ザワ
BLA
ザワ
BLA
J'ADORE LES FESTIVALS !
JE ME PRENDRAIS BIEN UN PETIT VERRE...
ON EST EN PLEINE PATROUILLE, JE TE RAPPELLE !
PAS D'ALCOOL PENDANT LE BOULOT !
AU FAIT, ET SON ALTESSE ?
AU CHÂTEAU.
IL A ENCORE DU TRAVAIL.
IL A MÊME REFUSÉ MA PROTECTION.

À LUI, IL LUI FAUT PLUTÔT UN CHAPERON...
SINON, IL VA ENCORE S'ENFUIR.
PAS FAUX...
MAIS, TOUT DE MÊME, IL POURRAIT M'ACCORDER SA CONFIANCE ...
AH !
TOI, TU VOUDRAIS FAIRE PARTIE DE SA GARDE RAPPROCHÉE, HEIN ?
ピク
TING
N'IM-PORTE QUOI !
MAIS OUI, MAIS OUI..
AAAAH !!!

ダダダダダ
TAP
TAP
TAP
C'ÉTAIT QUOI, ÇA ?
MON FILS !!
IL EST TOMBÉ !

ALS !
VSH
J'Y VAIS !
FOSH
TCHAC
PLOUF

IL EST OÙ ?!
BON SANG...
ON NE VOIT PAS À UN MÈTRE !
IMPOSSIBLE DE LE RE-TROUVER...
DOM

FSH
DE LA
LUMIÈRE !
VIOU

LE VOILÀ !
VSH

MERCI... MERCI !
CRR
ギュ...
ザワ BLA
ザワ BLA
VOUS DEVRIEZ QUAND MÊME L'AMENER VOIR UN MÉDECIN, AU CAS OÙ.
OU... OUI.
VOUS, ACCOMPAGNEZ-LA.
À VOS ORDRES.
DÉGAGEZ LE PASSAGE.
PAR ICI.

EN FIN DE COMPTE, HEUREUSEMENT QUE J'ÉTAIS SOBRE !
BIEN SÛR !
C'ÉTAIT TOUT NOIR, J'AVOUE QUE J'AI FAILLI PANIQUER !
VLOU
D'AILLEURS ...
LEQUEL D'ENTRE VOUS M'A ÉCLAIRÉ, LÀ-DESSOUS ?
TU L'AS VU ?
NON...
BLA
BLA
C'EST MOI.

ザワ BLA ザワ BLA...
PARDONNEZ MON IMPUDENCE.
GLOUPS
...
AH!

MAIS NON, VOYONS, CE N'ÉTAIT PAS UN REPROCHE.
AU CONTRAIRE, TU M'AS DONNÉ UN SACRÉ COUP DE MAIN.
TU PEUX RETOURNER À TON POSTE.
ペコ FLIP
ザワ BLA
ザワ BLA
...
ET SI TU ALLAIS TE CHANGER ?
TCHAC
!
TU AS RAISON...
FSH
WAOUH !

JE NE M'Y ATTENDAIS PAS !
QUELLE BEAUTÉ !
ELLE TRAVAILLE ICI DEPUIS LONGTEMPS ?
IL PARAÎT QU'ELLE VIVAIT DANS LA TOUR DE LA SORCIÈRE.
C'EST SON ALTESSE QUI L'A RAMENÉE AVEC ELLE.
AH...
OH ! LA FAMEUSE !
JE VOIS...
J'ÉTAIS PERSUADÉ QUE NOTRE PRINCE N'ÉTAIT PAS DU GENRE À COURIR APRÈS LES FILLES...
ALORS, QUAND J'AI ENTENDU CETTE HISTOIRE, JE N'Y AI PAS TROP CRU.
MAIS MAINTENANT, JE COMPRENDS !
DE QUOI TU PARLES ?

ÇA NE LUI RESSEMBLE PAS DU TOUT...
MAIS OUI, MAIS OUI...
C'EST QUOI, CETTE TÊTE ?
LA JALOUSIE, ÇA NE TE VA PAS AU TEINT...
MEREDINA.
TING
GRR
MAGNE-TOI DE TE CHAN-GER !
BROUAM
AÏEUH !!

FUUU
フゥ
パタ
FLAP
FLAP
パタ
FLAP
FLAP
FUU
フゥ
TINASHA !

PAR ICI.
POC
TU NE RETOURNES PAS AU FESTIVAL ?
J'AI VU CE QUE JE VOULAIS VOIR.
TU M'AS APPELÉE ?
J'AI PAS MAL AVANCÉ DANS MON BOULOT, JE COMPTAIS ALLER ME BALADER UN PEU.
JE TE FAIS VISITER LA VILLE ?
TU VEUX ENCORE T'ÉCLIPSER DU CHÂTEAU ?
T'AS LE DROIT, AU MOINS ?
T'INQUIÈTE, JE LE FAIS TOUS LES ANS !
PFF...

C'EST QUOI, ÇA ?
UN OISEAU EN PAPIER ?
REGARDE, C'EST RIGOLO.
IL Y AVAIT PLEIN D'ENFANTS QUI JOUAIENT AVEC ÇA.
SMACK
FLAP
FLAP
FLIOU

サァァァ
WoOOSH
ァァァ

LA VILLE EST SI JOLIE.
C'EST INCROYABLE DE SE DIRE QU'IL Y A UNE ÂME DERRIÈRE CHAQUE LUMIÈRE.

FSH
ALORS TU NE REGRETTES PAS D'ÊTRE VENUE ?
NON...
TANT MIEUX.

TAP
TAP
TAP
VOTRE ALTESSE !!
TAP
!
HA HA.
TU SÈCHES LE TRAVAIL ?
TU VAS ÊTRE PUNIE.
POF
...
MADAME TINASHA, VOUS AUSSI, VOUS ÊTES LÀ ?
TOUT LE MONDE VOUS CHERCHE !
ARRÊTEZ, CE N'EST VRAIMENT PAS LE MOMENT !

ON L'A TUÉ !!
QUOI ?

Unnamed
Memory

Unnamed
Memory

ON A TUÉ TEMIS, QUI ÉTAIT ASSIGNÉ AU POSTE À CÔTÉ DU MIEN.
SA SPHÈRE DE LUMIÈRE S'EST ÉTEINTE EN SOIRÉE...
PEU APRÈS L'INCIDENT AVEC LE PETIT GARÇON.
FSH
SON CORPS A ÉTÉ RETROUVÉ TRENTE MINUTES PLUS TARD...
KYAAAH !
DANS UN ÉTAT DÉPLORABLE, AU FOND D'UNE RUELLE NON LOIN DE LA DOUVE...

À L'HEURE PRÉSUMÉE DU MEURTRE...
J'AVAIS QUITTÉ MON LIEU D'AFFECTATION EN LAISSANT MA LUMIÈRE BRILLER...
...
ÇA FAIT DE MOI LE SUSPECT PRINCIPAL...
EN PLUS, JE SUIS NOUVELLE...
BLA
BLA

Chapitre 4 : Un passé qui refait surface ③

SON CORPS A ÉTÉ DÉCOUPÉ EN MORCEAUX, PUIS CALCINÉ...
ON L'A IDENTIFIÉ GRÂCE AUX BIJOUX QU'IL PORTAIT.
ザワ BLA
ザワ BLA
ザワ BLA
ザワ BLA
ET ELLE, ELLE A QUITTÉ SON POSTE UN PEU AVANT QUE L'ÉCLAIRAGE DE TEMIS NE S'ÉTEIGNE...
ピッ PST
ピッ PST
ジロ KIII
ジロ KIII
OÙ ÉTAIT-ELLE ? ET QUE FAISAIT-ELLE ?
ET COMMENT SA LUMIÈRE...

...
TU FERAIS MIEUX DE NE PAS T'ÉLOIGNER.
IL VA T'ARRIVER DES ENNUIS.
CE MAGICIEN...
IL SAVAIT CE QUI ALLAIT SE PASSER ?
MADAME TINASHA.

OÙ ÉTIEZ-VOUS JUSTE AVANT QUE LE CORPS DE TEMIS...
NE SOIT RETROUVÉ ?
KUM
MAGE EN CHEF
SURTOUT N'OMETTEZ AUCUN DÉTAIL.
...
EUH... JE...
BAM
POURQUOI HÉSITEZ-VOUS ?
QUE FAISIEZ-VOUS ?! ET OÙ ?!
TING

EUH...
QUE...
!
CALME-TOI.
TU TIRES DES CONCLUSIONS HÂTIVES.
!
OU... OUI, MONSIEUR...
QU'EST-CE QUE C'ÉTAIT QUE ÇA ?

ガチャ
CLAC
VOTRE ALTESSE !
PÈRE ME DEMANDE DE M'OCCUPER DE CETTE AFFAIRE.
ALORS, OÙ EN ÉTIEZ-VOUS ?
VLAM
パタン
NOUS ÉTIONS EN TRAIN DE DEMANDER À Mme TINASHA...
OÙ ELLE SE TROUVAIT AU MOMENT DU MEURTRE.
ガタ
CLAC
AH, ÇA !
JE PEUX VOUS RÉPONDRE.

ELLE ÉTAIT AVEC MOI.
POF
RAZEL EN EST TÉMOIN.
DOM
RAH...
AH LÀ LÀ...
QUOI ?
GLOUPS

INUTILE DE PERDRE VOTRE TEMPS À PROUVER LE CONTRAIRE !
JE M'EN PORTE GARANT.
ELLE EST INNOCENTE !
ザワ BLA
ザワ BLA
HMM...
DANS CE CAS, COMMENT EST-ELLE PARVENUE À GARDER SA LUMIÈRE ALLUMÉE ?
CELA ME SEMBLE IMPOSSIBLE.
TINASHA !
CLAC
カタッ
...
OUI.

J'UTILISE UNE MAGIE UN PEU DIFFÉRENTE.
FIOU
LA LUMIÈRE, C'EST MA SPÉCIALITÉ.
VRUUU
COMME VOUS LE VOYEZ, JE PEUX L'ENVOYER PLUTÔT LOIN...
COMMENT...
WAOUH...
C'EST PAS VRAI...
JE N'AURAIS PAS DÛ QUITTER MON POSTE, J'AI ÉTÉ IMPRUDENTE...
IL EST TOUT À FAIT NATUREL QUE VOUS ME SOUPÇONNIEZ.

JE VOUS PRÉSENTE MES EXCUSES.
!
FLIP
EUH...
...

ALS !
OJI ?
VA INSPECTER LE LIEU DU CRIME...
AVEC MEREDINA !
OK !
À VOS ORDRES !

VOUS POUVEZ DISPOSER.
ALS, J'ATTENDS TON RAPPORT.
LE LEN-DEMAIN
ÊTRE SOUPÇONNÉE DE MEURTRE À PEINE DESCENDUE DE MA TOUR...

TIENS.
MERCI.
POC
コト
DÉCIDÉMENT, IL NE M'ARRIVE JAMAIS RIEN DE BIEN QUAND JE SUIS SUR TERRE...
TU DEVRAIS ÊTRE UN PEU PLUS CONFIANTE, VU QUE TU N'AS RIEN FAIT.
CELUI QUI DIRA LE CONTRAIRE AURA AFFAIRE À MOI.
MAIS ÇA VA TERNIR TA RÉPUTA-TION.
NE T'IN-QUIÈTE PAS.
JE TE PRO-TÉGERAI.
IL SUFFIRA DE RÉVÉLER TA VÉRITABLE IDENTITÉ.
ALORS LÀ, JE PRÉFÈRE ENCORE ME FAIRE JUGER EN TANT QUE CRIMINELLE...

QUOI QU'IL EN SOIT...
JE PEUX M'OCCUPER DE MES AFFAIRES TOUTE SEULE.
SI JE TE LAISSE FAIRE, TU VAS JUSTE...
EFFACER LEUR MÉ-MOIRE, NON ?
JE T'INTERDIS DE LIRE DANS MES PENSÉES !
TU EN ES VRAIMENT CAPABLE ?
POC
BIEN SÛR...
MÊME SI ÇA FAIT BEAUCOUP DE MONDE...
ALLEZ, FAIS-MOI CONFIANCE, UN PEU.

JE DOIS ASSUMER MES RESPONSABILITÉS CONTRACTUELLES !
TES RESPONSABILITÉS ?
MOI, JE ME FICHE D'AVOIR UNE MAUVAISE RÉPUTATION, TU SAIS.
APRÈS TOUT, JE NE SUIS LÀ QUE POUR UN AN.
NE DIS PAS ÇA.
TU ES LA FUTURE REINE.
QUOI ? HORS DE QUESTION !
ARRÊTE DE DÉCIDER DE MON AVENIR TOUT SEUL !
HA HA !
RAH...
SÉRIEUSEMENT...

LÈVE LE PIED SUR LES BLAGUES DE CE GENRE...
ÇA COMMENCE À ME FATIGUER.
SI ÇA PEUT TE RASSURER, JE SUIS TOUT CE QU'IL Y A DE PLUS SÉRIEUX.
...
TU ES QUELQU'UN D'HONNÊTE, ET AVEC TOI, ON N'A PAS LE TEMPS DE S'ENNUYER.
JUSTE CE QU'IL ME FAUT !
...

TU PARLES D'UNE RAISON...
ガク
DOM
AU FAIT...
TU AS UNE IDÉE DE QUI POURRAIT ÊTRE LE COU-PABLE ?
OUI, IL Y A DEUX OU TROIS DÉTAILS QUI M'INTRIGUENT...
MAIS JE N'AI AUCUNE PREUVE.
ET CE SERAIT LOUCHE QUE JE M'EN MÊLE.
CE MAGICIEN...
J'AURAIS DÛ LE SUIVRE.
T'INQUIÈTE !
CEUX QUE J'AI MIS SUR L'AFFAIRE ONT TOUTE MA CONFIANCE !
TU LAISSES TES OFFICIERS FAIRE LE SALE BOULOT, EN GROS...

TOC TOC
VSH
ELLE SE MÉFIE D'EUX...
ENTREZ.
VOTRE ALTESSE.

J'AI...
FINI MON ENQUÊTE.
ET TU AS TROUVÉ LE COUPABLE ?
J'AI ANALYSÉ TOUT SON MODE D'ACTION...
MAIS C'EST DIFFICILE À DIRE.
HA HA !
VRAIMENT ?
BON, ÉCOUTONS TES CONCLUSIONS.
VA RASSEMBLER TOUT LE MONDE.

J'AI HÂTE DE VOIR LEURS RÉACTIONS.
OUI, VOTRE ALTESSE.
CLAC
ガチャ
VLAM
パタン
TU AS ENTENDU...
CLAC
ガタ
TINASHA ?
TU DEVRAIS VENIR, TOI AUSSI.

D'ACCORD...
SLURP
NIARK !
BON...
ALLONS DÉCOUVRIR LA VÉRITÉ.

Unnamed
Memory

OBÉISSANT AUX ORDRES D'OSCAR...
TOUS CEUX QUI ÉTAIENT LIÉS DE PRÈS OU DE LOIN À L'INCIDENT SE RÉUNIRENT.
Chapitre 5 : Un passé qui refait surface ④
TOUT LE MONDE EST LÀ ?
ALS, FAIS-NOUS TON RAPPORT.
NOUS SOMMES TOUT OUÏE.
TRÈS BIEN.

TOUT D'ABORD, TEMIS, LA VICTIME...
ÉTAIT UN MAGE DE LA COUR...
TRÈS ORGANISÉ ET DOUÉ POUR L'ÉTUDE...
A PRIORI, IL N'AVAIT AUCUN ENNEMI.
IL SE SPÉCIALISAIT DANS DEUX DOMAINES.
EN PREMIER LIEU, IL MENAIT DES RECHERCHES SUR LE LAC MAGIQUE OÙ UNE SORCIÈRE A ENFERMÉ LA FAMEUSE BÊTE, IL Y A SOIXANTE-DIX ANS.
ENSUITE, IL S'INTÉRESSAIT À LA MAGIE DES ESPRITS, DONT IL S'ÉTAIT D'AILLEURS GRAVÉ LE SYMBOLE SUR LA MAIN.
LA MAGIE DES ESPRITS ?
JE PENSAIS QUE CEUX QUI LA CONTRÔLAIENT ÉTAIENT EXTRÊMEMENT RARES.
EXACT.
ET TEMIS N'EN FAISAIT PAS PARTIE.

LES MAÎTRES DES ESPRITS...
DOMINENT L'EXCEPTIONNELLE MAGIE DU MÊME NOM.
ILS S'EXPOSENT PEU ET VIVENT EN GROUPE, DANS UN ENDROIT SECRET.
ILS SE CARACTÉRISENT PAR LEUR HABILETÉ À MANIPULER LA NATURE...
ET PAR LEUR EXTRAORDINAIRE PUISSANCE MAGIQUE.
ON RACONTE QU'OUTRE LEURS QUALITÉS INNÉES, ILS DOIVENT IMPÉRATIVEMENT RESTER PURS S'ILS VEULENT CONSERVER LEURS POUVOIRS...
CAR DÈS QU'ILS SONT SOUILLÉS, ILS LES PERDENT.
...

ET ENFIN...
SON CORPS A ÉTÉ RETROUVÉ DANS UNE RUELLE...
CALCINÉ ET EN PLUSIEURS MORCEAUX.
MAIS L'AUTOPSIE PROUVE QU'IL EST MORT EMPOISONNÉ.
DU POISON ?
OUI.
UNE ANCIENNE POTION DU NOM DE RIMAS...
ON L'A IDENTIFIÉE GRÂCE À SES VOMISSEMENTS.
TRÈS PEU USITÉE DE NOS JOURS.
POUR FAIRE COURT, LES INGRÉDIENTS SONT SI DIFFICILES À OBTENIR...
QU'IL AURAIT ÉTÉ PLUS SIMPLE D'UTILISER UN AUTRE POISON.
HM...

MAINTENANT, FAISONS LE POINT SUR LE DÉROULEMENT DE LA JOURNÉE.
LE VOICI.
TEMIS CRÉE SA BOULE DE LUMIÈRE ET SALUE TINASHA.
PEU APRÈS, L'ENFANT SE NOIE, CE QUI PROVOQUE UNE GRANDE AGITATION.
ON REMARQUE L'ABSENCE DE TEMIS QUAND SA LUMIÈRE S'ÉTEINT.
IL EST RETROUVÉ MORT UNE DEMI-HEURE PLUS TARD.
ET DONC, LES SOUPÇONS SE SONT PORTÉS SUR Mme TINASHA...
DANS LA MESURE OÙ ELLE AVAIT DISPARU À CE MOMENT-LÀ.
POUR INFORMATION, TEMIS ÉTAIT ENCORE PARMI NOUS...
QUAND J'AI SAUVÉ L'ENFANT.
LES YEUX DE TOUS ÉTAIENT RIVÉS SUR MOI, MAIS...
J'AI PERSONNELLEMENT VU UN MAGICIEN AVEC UN SYMBOLE ÉTRANGE SUR LA MAIN.

ENFIN, CELLE QUI A SIGNALÉ SA DISPARITION...
C'EST SA PETITE AMIE ICI PRÉSENTE, Mme FURA.
FLIP
COMPTE TENU DE TOUT CELA...
UN DÉTAIL ME DÉRANGEAIT.
EN TRENTE MINUTES, EST-IL VRAIMENT POSSIBLE...
DE TUER QUELQU'UN ET DE BRÛLER SON CORPS ?

AINSI, TOUT À L'HEURE...
J'AI REPLONGÉ À L'ENDROIT DONT TEMIS AVAIT LA CHARGE.
NON PAS QUE J'AIME PARTICULIÈREMENT NAGER DANS LA DOUVE, MAIS...
VOICI CE QUE J'AI TROUVÉ.
TU PEUX VENIR.
OUI, MONSIEUR.
FLASH
QU'EST-CE QUE...
UNE LAMPE DANS UNE BOULE DE VERRE ?
OUI...

ET IL Y EN AVAIT PLUSIEURS...
DISPOSÉES À DISTANCE ÉGALE.
!
TEMIS...
N'UTILISAIT PAS SA MAGIE...
POUR FAIRE DE LA LUMIÈRE...
VSH
IL A ALLUMÉ CES BOUGIES HERMÉTIQUES AVANT DE LES PLONGER DANS LA DOUVE...
C'EST LE PLUS PRO-BABLE.

NORMALEMENT, LA LUMIÈRE S'ÉTEINT APRÈS UN CERTAIN TEMPS...
MAIS NOUS N'AVONS AUCUN TÉMOIGNAGE ALLANT DANS CE SENS.
DONC CES LAMPES ÉTAIENT LÀ DÈS LE DÉBUT.
TOUT PORTE À CROIRE...
QUE TEMIS A UTILISÉ CE SUBTER-FUGE...
POUR S'ÉLOIGNER DE SON POSTE.
EN D'AUTRES TERMES...
NOUS N'AVONS AUCUNE PREUVE...
QU'IL SE TROUVAIT À PROXIMITÉ...
MÊME QUAND SA LUMIÈRE ÉTAIT ENCORE ALLUMÉE.

JE VOIS...
ザワ…
BLA
EN CONCLUSION...
NOUS NE SAVONS PAS QUAND A EU LIEU LE MEURTRE.
MON HYPOTHÈSE EST QUE...
AU MOMENT OÙ L'ENFANT EST TOMBÉ DANS L'EAU...
TEMIS ÉTAIT DÉJÀ MORT.

ATTENDEZ UN PEU !
VOUS DISIEZ QUE VOUS L'AVEZ APERÇU, NON ?
JE CONFIRME...
AVOIR VU QUELQU'UN AVEC UN TATOUAGE SUR LA MAIN.
MAIS ÉTAIT-CE VRAIMENT TEMIS ?
?
SON CADAVRE A ÉTÉ...
DÉCOUPÉ EN MORCEAUX...
ET BRÛLÉ.
CE QUI VEUT DIRE...

QUE LE COUPABLE...
M'A PEUT-ÊTRE JUSTE MONTRÉ LA MAIN DE TEMIS.
APRÈS L'AVOIR TUÉ ET DÉMEMBRÉ...
IL AURAIT CACHÉ SA MAIN SOUS SA ROBE, AFIN QU'ELLE SOIT VISIBLE DE TOUS.
DOM
!!

VOICI MA THÉORIE.
TEMIS A ALLUMÉ LES LAMPES QU'IL AVAIT PRÉ-PARÉES...
IL A QUITTÉ SON POSTE POUR ALLER À LA REN-CONTRE DE SON MEURTRIER...
ET A ÉTÉ EMPOISONNÉ DANS UNE RUELLE.
LE TUEUR...
AVAIT ENCORE DU TEMPS AVANT QUE LES BOUGIES NE S'ÉTEIGNENT.
MAIS UN ÉVÉNEMENT INATTENDU EST ARRIVÉ...
L'ENFANT QUI EST TOMBÉ DANS LA DOUVE.
LE TUMULTE A FAIT PANIQUER L'ASSASSIN.

EN PLONGEANT PRÈS DES BOUGIES DE TEMIS, J'AURAIS PU LES REMARQUER...
ET J'AURAIS ALORS VU QU'IL MANQUAIT À SON POSTE.
LE TUEUR S'EST DONC DÉPÊCHÉ DE RÉCUPÉRER SA MAIN...
AFIN DE SE FAIRE PASSER POUR LUI.
APRÈS AVOIR ENFILÉ LA ROBE DE TEMIS...
IL EST RETOURNÉ SUR LES LIEUX...
MAIS IL A CONSTATÉ QUE CE N'ÉTAIT PAS L'ENDROIT DONT TEMIS AVAIT LA CHARGE.
PUIS IL Y A VU UNE OCCASION EN OR...
POUR UTILISER SA MAIN...
ET FAIRE CROIRE À TOUS QUE TEMIS ÉTAIT LÀ.

ET...
POUR QU'ON NE SE POSE AUCUNE QUESTION SUR LA MAIN TRANCHÉE...
IL A DÉCOUPÉ LE RESTE DU CORPS ET Y A MIS LE FEU...
BEURK...
ET DONC, LE COU-PABLE...
EST FORCÉMENT UN PROCHE DE TEMIS.
ON RECHERCHE QUELQU'UN...
QUI AVAIT DISPARU AVANT QUE LES LUMIÈRES DE TEMIS NE S'ÉTEIGNENT...
MAIS QUI A ÉTÉ LOCALISÉ APRÈS L'INCIDENT.

VOILÀ, C'EST TOUT POUR MOI.
BON TRAVAIL.
OSCAR
BLA
BLA
EH BIEN...
TOUTES CES DÉDUCTIONS POINTENT VERS UNE PERSONNE...
MAIS PAR OÙ COMMENCER...

TU ES BIEN UNE MAÎTRESSE DES ESPRITS ?
OU PLUTÔT, TU L'ÉTAIS.
!
C'EST TOI QUI AS TRACÉ LE SYMBOLE SUR SA MAIN, NON ?
FURA...
L'AMANTE DE TEMIS.

QU'EST-CE QUI VOUS FAIT PENSER ÇA ?
J'EN SUIS AUSSI UNE.
!
IL SUFFIT DE TE REGARDER POUR LE COMPRENDRE.
LA MAIN DE TEMIS EST BIEN TON ŒUVRE ?
TU L'AS...
NON...
TU REGRETTES DE LUI AVOIR CÉDÉ...
TA PURETÉ ET TES POUVOIRS ?

...
キュ
CRR

JE NE PENSAIS PAS RENCONTRER UNE CONSŒUR ICI.
JE SUIS DÉSOLÉE QU'ON T'AIT SOUPÇONNÉE À CAUSE DE MOI.
J'AI QUITTÉ MA FORÊT…
POUR VENIR VIVRE EN VILLE.
PUIS JE L'AI RENCONTRÉ.
J'ÉTAIS SI HEUREUSE À SES CÔTÉS.

VSH
MAIS...
GNH
JE N'AI PAS SUPPORTÉ...
QU'EST-CE QU'IL Y A ?
RIEN...
LE...

RIEN DU TOUT.
LE DÉDAIN DANS SON REGARD QUAND IL A SU QUE J'AVAIS PERDU MES POUVOIRS.
JE NE POUVAIS PAS ACCEPTER SON SENTIMENT DE SUPÉRIORITÉ.
DÈS QUE JE POSAIS LES YEUX SUR SON CORPS, JE VOYAIS LE SORT DE PROTECTION QUE J'AVAIS JETÉ...
JE VOYAIS MON ERREUR...
ET JE NE POUVAIS PLUS LE SUPPORTER.

FSH
JE L'AI TUÉ...
PAR PURE FIERTÉ.

DONC...
SON CORPS A ÉTÉ DÉCOUPÉ APRÈS L'HISTOIRE DU GAMIN.
OUI.
SI ON EN CROIT SES AVEUX.

LES SYMBOLES MAGIQUES CONTINUENT DE FONCTIONNER TANT QUE CELUI QUI LES A CRÉÉS EST VIVANT.
BLOP BLOP
コポポ
C'EST POURQUOI...
ELLE A RÉUSSI À SE LE TRANSFÉRER À ELLE-MÊME, CAR LA MARQUE ÉTAIT LA SIENNE, À LA BASE.
DANS CE CAS-LÀ, IL EST RESTÉ EFFICACE MÊME APRÈS QU'ELLE A PERDU SES POUVOIRS.
COMMENT T'AS FAIT POUR NE PAS REMARQUER QUE C'ÉTAIT LA MAIN D'UNE FEMME ?
FROSH
ゴス
JE ME LE DEMANDE...
VOYONS...
UN SIGNE SI PARTICULIER...
RIEN D'ÉTONNANT À CE QU'ON NE VOIE QUE ÇA.
EN PLUS, ELLE ÉTAIT LOIN.

ELLE N'AURAIT PAS EU LE TEMPS DE COUPER SA MAIN...
APRÈS AVOIR REMARQUÉ TOUT CE VACARME.
ELLE AVAIT PRÉVU...
DE BRÛLER LE CORPS.
RAH...
SOYEZ INDULGENTS !
ELLE S'EST HABILLÉE COMME TEMIS ET A REPRIS SON TATOUAGE...
POUR ÉVITER DE SE FAIRE PINCER PAR SES PAIRS.
SEUL UN MAÎTRE DES ESPRITS...
PEUT MANIPULER CE SYMBOLE.
BAH, NE T'INQUIÈTE PAS.
APRÈS TOUT, C'EST GRÂCE À TOI QU'ON A BOUCLÉ CETTE AFFAIRE SI VITE.
BON BOULOT !
AH BON...
MERCI.
...
TEMIS...
IL M'A UN JOUR AVOUÉ VOULOIR ÉPOUSER CETTE FILLE.

L'A-T-IL VRAIMENT...
REGARDÉE DE HAUT, COMME ELLE L'AFFIRME ?
...
PERSONNE NE SAURA JAMAIS...
SI C'ÉTAIT LA VÉRITÉ...
OU SON IMAGINATION.

BON, ON RETOURNE AU TRAVAIL.
フキフキ
FROTTE
ピタ
POC
POUR-QUOI JE ME RETROUVE À JOUER LE RÔLE D'UNE DAME DE LA COUR ?
?
...
PARCE QUE LE THÉ QUE TU FAIS EST EXCELLENT ?
MMM, TROP BON.
PFF...
QUE VA-T-IL LUI ARRIVER ?
ÇA, C'EST À MON PÈRE DE DÉCIDER.
JE NE PENSE PAS QU'IL LA FASSE EXÉCUTER.
SON EXPÉRIENCE POURRA LUI ÊTRE UTILE.

AU FAIT...
TOI AUSSI, TU CONTRÔLES LES ESPRITS.
OUI.
DONC, TOI AUSSI...
SI TU PERDS TA PURETÉ, TES POUVOIRS DISPARAÎTRONT.
AH, ÇA...
HI HI !
EN FAIT, IL Y A UNE PART DE CROYANCE, LÀ-DEDANS.
LES RAPPORTS SEXUELS FAVORISENT LE MÉLANGE DES ÂMES...
ET CONTRÔLER LES ÉLÉMENTS DEMANDE ALORS UNE FORCE BIEN PLUS GRANDE.
RÉSULTAT, LA PLUPART DES MAGICIENS N'Y PARVIENNENT PAS.
MAIS MOI, VU MA PUISSANCE ET MA CAPACITÉ À UTILISER D'AUTRES SORTES DE MAGIE...
JE NE PENSE PAS QUE ÇA M'ARRIVERAIT.
CLAC

OH !
TANT MIEUX !
?
HA...
J'AI MENTI !
FAUT SURTOUT PAS TENTER LE DIABLE !
JE PERDRAIS TOUS MES POUVOIRS !
HA HA !
CE NE SERAIT PAS UN DRAME, SI ?
JE TE PROTÉGERAIS, SI CELA ARRIVAIT !
CE SERAIT SUPER GRAVE !!
VLAM
VOTRE ALTESSE !!

LA JEUNE FILLE EN-FERMÉE POUR LE MEURTRE DU MAGI-CIEN...
S'EST SUICIDÉE !
FURA A MIS FIN À SES JOURS DANS LA PETITE CELLULE QUI LUI AVAIT ÉTÉ ATTRIBUÉE.
L'EXAMEN DU CORPS N'A RIEN DONNÉ, MAIS...
IL SEMBLERAIT QU'ELLE AIT UTILISÉ LE MÊME POISON QUE POUR TEMIS.

PST
OSCAR...
TU FERAIS MIEUX D'INTERROGER SON ENTOURAGE.
CE N'EST PAS ELLE QUI A PRÉPARÉ LE RIMAS QU'ON A RETROUVÉ.
ELLE AVAIT PROBABLEMENT UN COMPLICE.
OU UN MAÎTRE À PENSER...
UNE NOUVELLE ENQUÊTE A CONFIRMÉ QU'UN ÉTRANGE VIEIL HOMME...
ÉTAIT ENTRÉ DANS LA VIE DE FURA UN MOIS AUPARAVANT.
IL A ÉTÉ APERÇU DANS L'ENCEINTE DU CHÂTEAU PEU AVANT LE SUICIDE DE LA JEUNE FEMME.
MAIS NOUS N'AVONS PAS RETROUVÉ SA TRACE.
...

TINASHA A RÉCUPÉRÉ LES RESTES DE FURA...
ET LES A ENTERRÉS AU LOIN, DANS LA FORÊT.
QU'A-T-ELLE VU...
À TRAVERS LES YEUX TRISTES DE CETTE MAÎTRESSE DES ESPRITS...
QUI AVAIT TOUT ABANDONNÉ POUR UN HOMME ?
ELLE N'EN A...
JAMAIS REPARLÉ.

Unnamed
Memory

WOOOSH
SUR LE CONTINENT...
IL Y A CINQ LACS, OÙ SE CONCENTRE UNE GRANDE QUANTITÉ DE MAGIE.
À DRUZA...
SE TROUVE L'UN D'ENTRE EUX.
Chapitre 5.5 : Deux individus suspects
IL Y A SOIXANTE-DIX ANS, LA SORCIÈRE DE LA LUNE BLEUE...
Y A POURCHASSÉ UNE BÊTE MAGIQUE QUI TERRORISAIT FARSAS.
LE MONSTRE VAINCU SE TROUVE TOUJOURS EN-FERMÉ AU FOND DE CE LAC MAGIQUE.

WOOSH
HÉ HÉ...
QU'Y A-T-IL, VALT ?
MIRALYS...

TU TE SOUVIENS DE L'HOMME QUI EST VENU ICI ? LE VIEUX MAGE A MANIPULÉ SA FIANCÉE POUR QU'ELLE LE TUE.
AH BON...
MÊME SI CE N'ÉTAIT PAS PRÉVU, C'EST PLUTÔT UNE BONNE CHOSE.
LA SORCIÈRE DE LA LUNE BLEUE EST AUSSI IMPLIQUÉE...
ALORS QU'ON L'AVAIT AVERTIE...

TU VAS L'AFFRONTER ?
MAIS NON !
FRSH
NOUS ENTRE-TUER NE FAIT PAS PARTIE DE MES PLANS.
DE PLUS, SEULE ACACIA A CE POUVOIR.
MÊME SI CE PRINCE N'EST PAS ENCORE CAPABLE D'UTILISER TOUTE SA PUISSANCE...

パチ
FRSH
JE NE SUIS QU'UN SPECTATEUR.
パチ
FRSH
パチッ
FRSH
MON SEUL RÔLE EST DE FORCER UN PEU LE DESTIN.
カッ
VSH
カッ
VSH
BIENTÔT...

CLAC
CLAC
BIENTÔT...

Postface

C'est le tome 1 !
Merci !!!
J'espère que la version manga d'Unnamed Memory va vous plaire !
Je tiens à remercier Mme Furumiya et mon éditeur : heureusement qu'ils sont là.
À bientôt !

Naoki Koshimizu

Merci de vous être procuré le tome 1 d'*Unnamed Memory* !
Je prends vraiment beaucoup de plaisir à voir mes personnages dessinés par M. Koshimizu ; ils prennent vie !
Les expressions de Tinasha, quand elle flotte dans les airs, sont adorables.
Oscar et elle sont sur le point de vivre de nombreuses aventures qui vont changer le cours de l'histoire, mais tout débute par un meurtre.
Il y avait quantité d'informations dans ce tome, mais par miracle, le résultat est plutôt clair.
On commence à percevoir ce qu'il s'est passé il y a soixante-dix ans, et j'espère que la suite vous plaira !

Kuji Furumiya

2, rue de Saint-Pétersbourg - 75008 Paris

Traduction : Amira Zegrour
Lettrage : Clair-Obscur
Relecture : Eugénie Michel

ISBN : 979-10-355-0503-5

Dépôt légal : mars 2024
Achevé d'imprimer en Italie par L.E.G.O.

www.mana-books.com